KB265095

슬픔이 있는 모서리

슬픔이 있는 모서리

슬픔이 있는 모서리

박미경 시집

문학들

두 번째 시집이다.

아버지는 어떤 분이셨을까?

가끔 생각이 든다.

2009년 돌연 하늘을 찢고 날아가신 분.

평생 한 권의 책을 짓고 싶으셨던 분.

상훈이란 이름을 가지셨던 분.

당신은 아름다운 분이셨다.

아버지가 가신 후 2년 뒤

따라가신 어머니 역시 궁금하다.

은순이란 순한 이름을 가지셨던 분.

아버지를 평생 사랑하셨던 분.

당신도 아름다운 분이다.

이 한 권의 시집을

두 분께 드린다.

2013년 가을

박미경

차례

5   시인의 말

제1부

13   저기 하얀 마가렛

15   낯익은 소포

16   봄밤, 불량한

17   당신이 그리워질 때

18   껄렁한 연애

20   구부러짐에 대하여

21   도화동, 나의 대학이 보이는

22   내가 사는 그림

24   슬픔이 있는 모서리

26   모자들

28   추억을 저장하는 법

30   유품 소각

32   처음처럼 간절해지는

33   일기

34   그날

제2부

37   오래 둔 빈 집

38   강진이라는 이름

39   물수제비뜨는 아침

40   백련사 동백숲

41   취한 남자

42   잔혹한 산책

44   숲의 화형식

46   거울을 묻다

48   유폐

50   나는야 슬픈 가해자

52   바람을 읽는 법

54   빈둥달팽이의 변명

56   그 집 앞

58   바다 시계

60   오르골 속 여자 인형

62   빛보다 맑은 물살

제3부

65   너를 생각하는 간격

66   낙엽의 방법론

68   브라운관

70   습관성 그리움

71   애월涯月이라는

72   풍경이 있는 거리

73   시간들

74   환상수첩

76   생이란 영화처럼

78   달콤한 인생

80   나는 너보다 먼저 잠들어

82   유리공원처럼 어여쁜

84   때맞춘 불꽃놀이

86   운주사에서

88   철없는 연애

제4부

91   눈아

92   폐차장에서

94   공범

96   붉은 그대

97   성인동화

98   겨울 비망록

100   소리에 갇힌 사내

102   매혹적 기질

104   나는 전송되고 싶다

106   오래된 관성

107   위반의 속도

108   터미널 속 경주빵 여자

110   오후면 내리는 눈 속으로

112   낭만고양이

113   아이, 2012, 눈

114   **해설** '기원'과 '사랑'의 탐색을 통해 가 닿은 실존적 의지_ 유성호

제1부

저기 하얀 마가렛

언젠부턴가 그대는 아프다 했다.

검은 얼굴로 와서, 부조된 석고상이 뜨거운 불로 흘러내릴 것 같은 표정을… 꽃잎을 이마에 얹은 채 마음 다친 여자 하나가 휘익 지나가고… 알 수 없는 열기가 얼굴을 휘휘 젖는 여름밤.

우리 집 난초는 나날이 죽어가요, 꽃을 볼 사람이 아예 관심을 안 가져서요. 한때의 고혹적 자태로 거실을 내려다보던 난초는 서둘러서 하얀 꽃잎을 내밀어 봤지만, 이젠 잎과 함께 고개를 떨구고 제 안의 수분으로나 버틸 궁리를 하는가 봐요. 다시는 꽃을 피워 줄 수 없는 물관이라죠.

장기출타 중인 현관문. 노란 얼굴로 손가락을 깨물며 흰 옷 입은 여자가 오래 길가에서 서성거렸나 봐요. 사실은 그 여자도 자기가 몹시 싫었나 보아요. 슬픔이 있는 구석에서 남몰래 우는 편이 훨씬 더 나았을 거예요.

테라스에서 창밖을 보며 하는 식사가 취향이걸랑요.

저기 하얀 마가렛 맑은 얼굴로 웃고 있어요.

낯익은 소포

문득 비문과 오독 사이
행간이 환해졌어요.

나의 쇄골 사이로 누군가 코를 박고 죽어 있다면
낡은 생식 세포가 조금 비릿한 반응을 보일지도 모르
겠군요.
나는 지하로 망명하는 첫 열차를 타야 해요.
이미 없는 시련이니 만일 해부해야 한다면 꼭 그리해
야 한다면
다른 건 그만두고 곧바로 직선으로 좌악!
마침내 나는 피었던 수선화를 땅에서 두엇 건지고
시간의 층계참을 마구 걸어 다녔대요.

소녀들은 꽃처럼 아름다웠으나 떨림이 물처럼 번져
희어지기도 했다는군요.

문득 탐조등만한 시선들 야릇해지면
당신 가방에서 구불구불 흘러나오는 냄새. 그대여.

봄밤, 불량한

럭키슈퍼와 코사마트가 사는 동네. 건들거리며 주머
니에 손을 꽂고 봄 한 봉지 사러 나왔다.

희망을 안주 삼아 술 한 병 손에 든 남자들은 귀가를
서두르고, 가까운 산은 뭐 하러 나왔을까? 허기사 봄밤
이라나. 간밤을 위로해 줄 애인 없으면 어떠랴, 검은 비
닐 안 꼼지락대는 비디오 그 사연이 궁금해 살짝 들쳐
보고 싶은 맘을 누르고, 꽃들이 사이로 안내해 준 길 한
편에 불 켜든 벚꽃 몇 그루 맘속에 긴 봄꿈을 접어들고
서 있었지. 한 십 년 되얏제. 불현듯 이는 질투.

너 없어도 나는 피리.
봄, 밤, 봄의 밤.

꽃 없어도 밤은 가고 너 없어도 밤은 지리. 참혹하게
혹은 탐스럽게 내 몸과 동거하는 기막힌 상상.

절뚝이는 새벽길. 비린 몸을 훑어 내는 참한 꿈속자
리까지.

당신이 그리워질 때

　빛과 어둠이 빗물처럼 교차하는 도시, 낯선 노래방에서 당신이 문득 그리워졌다. 비 내리는 호남선에서 당신이 그리워졌다. 안개비가 하얗게 내리던 날에 당신이 그리워졌다. 버들잎 하나 입에 물고서 당신이 그리워졌다. 우우 사공의 뱃노래 아물거리며 당신이 그리워졌다. 립스틱 짙게 바르고 당신이 그리워졌다. 해가 뜨면 찾아오던 당신이 그리워졌다. 열두 폭 치마가 봄바람에 휘날릴 적에 당신, 문득 그리워졌다. 제기랄 그대 가슴에 얼굴을 묻고 당신이 그리워졌다. 젖은 손이 애처로워 당신이 그리워졌다. 이래저래 당신이 그리워졌다. 기차는 일곱 시에 떠나며 당신이 그리워졌다 서울은 아직 멀다. 피양은 더욱 머얼다 당신이 그리워졌다. 그리워졌다가 다시 그리워졌다가 지겨워졌다가 당신이란 낱말이 아니 그립다는 낱말이, 아니 노래라는 것이 아니 지겨운 시라는 것이, 에라이 바람 부는 이 도시를 떠나고 싶은 자 쉽사리 떠나지 못하는 이 후진 노래방. 아니 이 풍진 세상 너머로 이제 정말로 당신이 그리워졌다.

껄렁한 연애

껄렁한 남자와 걸으면
덩달아 껄렁한 여자가 된다
저기 금촌 어디쯤
아님 일산시장쯤이나
뒷주머니에 노랑 빗거울 세트를
불룩하게 찔러 넣고
청바지에 위험천만 햇살이 매달린
헤살스런 눈짓
껄렁한 남자의 팔짱을 끼면
껄렁한 남자는 더욱 팔을 단단히 하고
그의 팔에 낀 껄렁한 여자의 껄렁해진 하얀 손
껄렁 속에 숨겨진 속 깊은
쩔렁이는 대바람 소리 듣는다
한두 번 전쯤의 전생에서 깊은 산골
대바람 소리 나는 남자와
목숨 걸고 바람나는 그런
껄렁한 여자가 되어
그 남자의 껄렁한 밥을 짓고

껄렁한 아이를 낳고 그 아이 커 가며
껄렁한 사랑 따윈 다 잊어버려도
껄렁했던 그 바람 소리 그날의
햇빛만 남아서

구부러짐에 대하여

나는 아픈 데를 모르고 따라서 병명도 낯설었다. 내가 만든 책은 제 구실을 하지 못했고 의사는 여기저기 병명을 붙였다. 그 병 이름자는 처음 들어 보는 것이라서 아플 따름이었고, 내 상처를 진단한 바 없어 악몽은 계속되었다. 내가 사랑하는 이는 허구인가. 난 왜 늘 사랑을 발음하나. 사랑이라 내뱉는 순간의 찝찔한 내음이 상처인가. 이 냄새를 저장할 포르말린 담긴 병이 필요하지. 사랑을 잃은 자리마다 옹이가 패어서, 단단히 동여맨 한 묶음의 어둠. 웃음 따윈 필요 없다며 울던 소녀 하나가 어둠 속으로 떠났다. 상처는 결국 자신의 치부를 내보이려 하지 않는다는 걸 알았다. 상처는 가장 어둡고 깊숙한 곳에서 어깨를 구부리고 가라앉았다. 그리고 조용한 속울음을 삼키고 있는 중이리라. 이윽고 돌멩이가 된 흉터는 어디 쯤에서 구름 또는 조각별이 되었나. 그 별 따라 이윽고 아프도록 가다가 보면, 내가 찾는 병도 마침내 만나지려나. 하여튼 나는 한없이 낭창낭창 구부러지기 위하여.

도화동, 나의 대학이 보이는

목욕탕에서 나오는 길. 기다란 고가도로 밑 도화역 옆길을 터덜터덜 걷는다. 싼 아파트 있슴(잔금 이천만) 제물포역에서 가깝슴. 어디 싼 집 나왔소? 모녀간 정겨운 행인이 살가운 인사를 걸어온다 나는 다시 그 문구를 고쳐 부르기 시작한다. 바다가 가까운 집. 바다 내음이 간간이 찾아오는 집. 반 지하지만 밖에 나오면 언제든 햇빛과 만날 수 있는 집. 가끔씩 술과 밥이 고프면 추억들을 안주 삼아 술 한잔 건넬 수 있는 집. 무엇보다 집값이 싸서 부담 없는 집. 입주하면 바로 그 '스위트 홈'이 되고 마는 그런 집. 낡아 빠진 동우아파트라든가 장미아파트라든가 하는 구형이 되어 가는 말이 무색해져 서로들 마주보고 웃고 마는 그런 집. 시나브로 학교가 낡아 갈수록 아파트도 함께 나이를 먹어 나는 이윽고 나이가 더 들어 이 길을 걷는다 도화桃花라는 탐스러운 이름이 멋쩍게 소담스런 꽃 한 송이 피워 보지 못하고 내게서 이렇게도 많은 날들은 흘러갔는가.

내가 사는 그림

내가 자주 울었다면
내 심장은 자주 흘러다녔다
예쁜 여자들의 다리가 강남대로를
흐를 대로 흐르는 동안
우울은 극심해도 좋았다
엄마 아빠는 무척 사랑했었다
하지만 아빠가 엄마를 사랑한 방식은
낯선 대로 도드라졌다
희부윰한 냄새를 풍기며 누군가 호명을 했다
조금씩 어두운 층계참이 이해가 가는 순간이었다
음악이 없으면 불안해지잖아
내가 안고 자던 아이들 머리통만한 울음소리 커지면
어두운 둘레를 겨냥하며 신형 눈금자를 사 두었다
차이와 우주의 사이를 가늠하면서
미친 듯이 홀려 사는 배고픈 저녁
문득 들리는 수많은 식기들의 화음
그런 것도 음악이라 부른다지
바닥에 등을 마주 대었다

한 생이 햇빛 사이 환히 열렸다
바람에 손목을 묻는다
기억이 오래되었다는 풍문이
수상해진다

슬픔이 있는 모서리

비 젖은 도로 위를 걷는다.
울컥 어디선가 피 냄새가 올라온다. 문장 하나가 진
지하게 진을 친다.
잎맥을 채 물들이지도 못하는 밤이었지.

살냄새는 살냄새를 부른다.
초경初經의 기억일까? 배가 몹시 아팠었지.
왜 슬픈 생각은 누워 있을 때 많이 나는 걸까?
낯선 슬픔이 고모네 신혼집 하얀 베갯머리를 울컥였
어.
뱃속 어딘가에서 기생충 같은 은빛 물고기
간신히 외눈을 뜨고 있는 것 같았어.

비워진 채로 참아야 하는 어린 여성의 잠재된 살의가
숨겨진 바코드처럼 구석에 처박혀 앉아 있었다.

참았던 바람이 다시 분다
비바람에 떠는 꽃잎처럼 어딘가 몹시도 아팠고

동굴 안에서 벙글지 못했던 꽃잎 하나는 꽃답게 추락
한다.
사람들은 조의금 대신 싸구려 감상 따위를 우아하게
던져 줄까?

어디론가 물 흐르는 장소에서 웅성거리는 사람의 목
소리
아직 형성되지 못한 채 흘러내린 생명 하나가
고집스러운 벌집 세포 같기도 한
흐린 저녁의 내음

이제 살냄새는 살냄새를 살해한다.

모자들

아버지의 유품을 정리했다
나는 한 개도 아버지의 모자를 받지 않았다
장롱 문을 열면 우수수 쏟아지던
수많은 모자들
모자는 일견 사려 깊게 봉인된 아버지
쭈뼛쭈뼛 쓸모가 적은 기억들
색색의 등산모로 열 지어 서고
새 처소가 적이 궁금한
눈물이 어느 틈에 따라왔으니
신기하고 놀라운 새 여행지는 어디인가
네가 골라가렴 마음껏
어머니는 우아하게 표준어로 발음했고
모자는 팔리지 않았다
죽은 이의 안부가 궁금한 모자들은
관찰과 경계의 대상일지니
내 집에 하나도 없는 모자
눌러쓴 세워 쓴 모로 쓴
자다가 화들짝 놀라 모자를 눌러쓴 채

룰랄라 하늘로 날아가 버린
쓸모 적은 집
자신의 불운을 한탄하던
모자의 주인은 결코
돌아오지 않았다.

추억을 저장하는 법

누군가 내 입을 막았고
사지는 그물망 속에 단단하게 결박되었다
하얀 꽃잎들이 사방에서 에프킬라처럼
촘촘히 뿌려졌다
웃음소리가 그 위로 사뿐히 얹혀졌다
젖처럼 뿌연 게 무언지 궁금해졌다
집으로 가는 길은 완벽하게 지워졌다
나무들은 나를 모른다고 고개를 외로 꼬았다
한참 더 시간이 지나면 집을 보고 왜 저걸 지우개라
하지 않느냐고 물을 것이다
더 시간이 지나면 언어가 무어냐고 묻다가
비실비실 웃음을 사타구니로 지릴 것이다
어쩌자고 집을 떠난 것인지
눈앞이 갑자기 뿌옇게 흐려졌다
쓰다 버린 연필과 노트
쿨렁쿨렁 가방에서 흘러나온다
주워 담다가 담배처럼 생긴 것들 입에 물고
주위를 둘러본다

어느새 노파가 되어 입을 오물거리면
새로 낳은 젊은 애인들이 사방에서 뛰쳐나온다
웃음이 되려다 멎은 이빨들이 머리에서 우수수 떨어
진다
옥수수 같은 이빨들을 다시 머리에 인다
이빨 연신 시리다

유품 소각

나쁜 일에는 항상 전조가 있다
눈에 익은 야산의 잡풀 위로 편안하게
눕는다
두근두근과 나직나직 그리고 투덜투덜
예감이 항상 맞는 건 아니니까
때마침 불어오는 바람처럼 무심하게
이윽고 하늘로 날아갈 리본 달린 신발
물끄러미 버려진 자신의 불행을
낯선 듯 구경한다네
마침내 세팅된 옷들과 바지, 양말까지
서로들 아무 말이 없다
슬픔을 주워 담을 여유조차 없어서
그냥 하얀 얼굴 그대로
눈을 꼭 감고
눈꺼풀을 미처
봉인할 여유도 없이
누가 날 죽은 고양이처럼 멈추게 했나
물결 표시 음계처럼 천천히 흐르면 안 되는 거였나?

불꽃이, 바람이 핥고 간 빈 바닥을 넓힌다
햇빛이 와서 서서히 그 위에 깔린다
그대는 다시 이곳에 돌아오지 않으리.

처음처럼 간절해지는

-세상에 변하지 않는 내용의 문서가 있다면 그 귀퉁이에 립스틱보
다 더욱 붉은 지장을 찍어 주겠다.

새들의 저녁이면 푸르게 번지는 시간의 그림자들이
당신의 이마에 흰 깃을 내릴 때
당신의 다정한 말끝에 묻어나는 습관이라는 오랜 방,
당신의 여자들은, 편한 여자를 포기하지 못하는 당신
을 믿지 못하고 떠나가요
당신은 떠나는 여자들이 아쉬워 또 다른 여자들과 행
복을 속삭이네요
언제나 처음이자 마지막 같은 당신과의 인사는 이젠
안 해도 좋을 것 같네요
당신은 파도처럼 수평선으로 멀리 밀려가요
당신을 폐기했다는 사실을 알면 당신과 내가 다시 가
까워질지도 모르니까
우연히 어디선가 망설임처럼 만나진다면
내용을 슬쩍 생략한 채, 나의 미련을 건어물처럼 늘
어놓을까요?
먼 곳, 안개에 가린 산에 당신의 그림자가
처음처럼 간절해질 때

일기
－나의 40년

나는 어느 우주에서 태어나 90년대에 시를 시작하고, 2천년대 한 세기를 건널 때까지, 시를 끊지 못하고 비겁하게 시를 키우고, 수음手淫처럼 시를 행하고, 객지에서 결혼하여서는 남들 하는 모양새로 생활을 걸어 보고, 졸렬한 80년대에는 운동권 남자를 좋아하기도 하고, 공부라는 이름의 두터운 책을 들고도 다녔다. 허영은 꽃처럼 아름다웠으나 아무것도 이룩된 건 없었다. 짧은 사랑도 지나가는 소낙비처럼 온몸을 긋고 갔다, 그뿐이었다. 그러면 70년대에 나는 어느 곳에 있었을까? 몸무게가 고민인 초록빛 납작모자의 여고생이었다가 바지와 치마를 번갈아서 교복으로 착용하는 새침한 여중생이었다가, 예민하고 키가 작은 국민학생이었다가, 60년대 어느 맑은 가을 정오, 나는 태어났다. 햇살 잘 마르는 마룻바닥에서 가족들의 관심을 받으며 해바라기처럼 자랐을 것이다. 그리고 50년대 나는 어디에 있었을까. 꽃피는 봄날 파도치는 여름 단풍지는 가을 눈 쌓이는 겨울. 어느 계절을 돌아다니다 이제야 나를 만나게 된 걸까.

그날

꽃 탐하고 싶은 날 만난 사람 하나 빛으로 출렁거리고 있었다.

무서운 시 한 번 써 보자고 불끈 힘주는 손에 힘줄이 파닥파닥 돋아나 꽃이 되었다.

연초록 꽃대와 진홍빛 꽃술이 얼마나 아름다운지 그대는 결코 알지 못하리.

문득 갇힌 입을 오물거리면 꽃 흙에서 잠이 든 벌레들이 포근하게 졸린 눈을 비볐다.

화안한 세월 옆에 얼굴을 묻으며 나 잠시 울었던가.

누군가 고막을 힘껏 울리자 화려한 팡파르가 흘러나왔다.

봄에는 꽃이 흔해 덜 외롭겠다고 흥흥, 콧소리마저 내던 그날. 미치게 꽃이 그리운 날. 시가 그리운 날. 그대 얼굴 절대 떠올려지지 않는, 투욱 핏덩이로 떨어져 내리는 동백꽃 탐스러운 꽃봉오리 앞에서 저문 묵념이라도 올려야 하겠는.

제2부

오래 둔 빈 집

밥 짓는 냄새에 굶주리다 못해
스스로 곰팡이 꽃을 피워 냈다
냄새의 힘으로 빈 집은
어슬렁어슬렁 여기저기 기웃거린다
이렇게 속절없이 무너지면 안 돼
쉽사리 잠들어서도 안 돼
꼬옥 잠긴 문틈이라도 조금의 틈새만 있다면
가급적 깊이 있는 숨을 쉬어야 해
문틈에 열린 잡초 사이 앉은뱅이 꽃에
눈이라도 맞춰야 해
저린 기억이 있다면 그라도 불러내 도란도란
이야기꽃이라도 피워야 해
사랑받은 흔적이 있다면 가급적
그도 불러 세워야 해
나는 스스로 무너지기 위해 살아온 것은
아니었으므로.

강진이라는 이름

마량馬良* 이란 슬픈 곳이야
강진의 밤이란 어떤 생각일까?
여자의 수근거리는 몸을 닮아 희고 둥글다는
시인들이 좋아해 마지않는다는 강진만
그 어디메쯤의 밤 빛깔은 어느 색일까?
어떤 내음일까?
강진의 밤을 나는 결코 알지 못하리
다산초당에서 백련사까지의 구불구불
억울한 창자를 닮은
당신의 아프게 휘어진 손가락을 닮은
비겁하게 사느니 차라리 절명을 택하는
백련사 동백꽃 그 붉은 마음을 따라가면
몸 어딘가가 휘영청 아득하게 휘어져서는
아파도 피어나
원적原籍 같은 건 아예 묻지도 말고.

* 전남 강진에 위치한 마을 지명地名.

물수제비뜨는 아침

물수제비뜨려고

돌이 들린다

여자애가 까르르 웃는다

빨리해 빨리

손에 들려 파르르 떠는 돌의 눈물

눈치채지 못한다

다만 어느 순간

다시 강기슭으로 돌아가려는

돌멩이의 눈물겨운 몸부림이 잠깐

물 위에 일순의 반짝거림으로

통통 튀어올랐다

때마침 쏟아지는 박수 소리

누구나 죽을 때만큼은

아름다워지고 장엄해지고 싶다는

간절한 바람

물수제비뜨는 아침에는

바라만 보는 돌멩이들의 소리 없는 울음에

강물도 잠시 숨을 죽이고 있었다는.

* 이 시는 김재석의 시 「겨울 강가에서」에서 착상을 얻었음.

백련사 동백숲

신열처럼 흩어져 있는
너를 줍는다
아직도 숨이 붙어 있는 듯 째액째액
텅 빈 눈으로 바라보는
전생에 나는
전생에 너는
무슨 사연으로 이렇듯 통째로 절단된 채
서로를 바라보느냐
눈물도 삭제된 덩어리진 설움
서로의 몸뚱이 바라보며
다시
눈만 꿈벅
나무에 매달려
투신을 고민 중인 동백들
파르르 떠는 고요로
백련사 숲길은
서늘할 뿐.

취한 남자

취한 남자가 중얼거린다. 제길 복권에 당첨됐다구. 이번에는 자동기술법으로 시를 써야지. 내 꿈이 원래는 소설가였거든. 나뭇가지가 몸속에 있는데 내가 꺼내 주고 싶어. 별반 새로울 것도 없는 지루한 비유가 남자를 화나게 했다.

무의식은 수시로 푸른곰팡이처럼 번지고, 그는 거리에서 키스하고 있는 남녀들과, 노상 방뇨하는 사내들의 작은 흐느낌과, 모텔 앞에서 실랑이하는 사람들을 지그시 지켜본다. 취한 남자의 입에서 수만 마리 빛을 매단 은빛 물고기가 튀어나왔다.

남자는 자신의 수액水液으로 물고기가 산으로 올라가는 중이라고 생각했으나 실은 찔끔 눈물을 허리춤에 쑤셔 넣었는지도 모른다.

생은 좀 더 난폭해져야 했다.

잔혹한 산책

여자는 언제나 불리하다
침묵꾸러기여야 한단다
행운을 꿈꾸는 건 잘못이라고
뿔난 새엄마가 말했다
가끔 팔베개하며 사랑해라고
말해 줬던 가슴 큰 아이들이 생각난다
생각은 붉은 꽃봉오리가 되어 무럭무럭 피어났다
피어난 봉오리를 쳐다보는 내 동그란 어깨가
가끔은 귀엽다고 여겼다
어느새 도둑고양이의 달콤한 은신처가 된 빈 집 지하
실
바닥을 살짝 덮고 함부로 굴러다니는 악마의 유혹
프렌치 키스 그리고 티스마일
찌그러진 빈 깡통 같은 나날도 예쁘다고 말해 달라
아름다움은 치명적 문신이 되어 나를 조율하고
누군가 치자빛 입술을 내 목덜미에 쓰윽 가져다 대면
오렌지빛 바람에 불거지던 네 미소는 어딘가 낯익었
어

로드킬 당한 토마토의 으깨짐 같은 폭발성이 쾅!
구겨지지도 젖지도
낡아가지도 않는.

숲의 화형식

이윽고 쓰레기즙 같은 냄새가 날 거야. 시취屍臭에 가
까운

처방전을 떼어야 하는 데 의사의 허가가 떨어져야 한
대서 지금 자제의 감정을 궁리하고 있는 중이야
눈을 감으면 최면에 걸린 여자처럼 너무도 역력하게
당신의 전생이 읽혀
울지 않는 시간이란 너무 끔찍해. 눈물샘은 제거됐다
지.
불타버린 음식점을 지날 때마다 당신과의 식사가 떠
올라
왠지 불길했지만 나란히 놓은 숟가락과 젓가락, 다정
하게 수저를 놓아주던 손가락이 기름한 하얀 손
달그락거리던 단정한 사기그릇
하얀 신작로에서는 키 큰 나무들의 다비식이 재현되
고 있었다지
사람들은 나무들의 화형식이 믿기지 않았지만 핏빛
노을을 배경으로 포크와 나이프질을 계속하고 있었대

웃기지 않아? 마침내 즙을 흘리는 축축한 나무들이
빨리 타지 않는 것에 신경질이 나기 시작해 슬슬 자결
自決을
시도하려 몇 잎 남지 않은 잎들을 미친 듯이 비비기
시작했어. 그뿐이 아니야
어느 날 옆에 누운 낯선 사람이
스르르 일어나 긴 머리를 털고 일어나 흰 등을 보이
고 사라져 가면

그냥 죽음 놀이나 할래요
하얀 시트 속으로 쏘옥
아무 일도 없는 것처럼.

거울을 묻다

흐드득 쏟아지는 봄밤. 고통을 짐작하는 공중전화.
세면대 위 걸린 때 낀 거울. 눈동자는 풀어헤치고 입술
은 주황빛. 흩어진 머리카락. 떨어진 비닐봉지. 생겨난
새치. 떠난 애인의 아침. 그니의 새 애인. 써 버린 휴지.

배고픔. 수술 없이 먹는 약, 지방 태워 드립니다, 지
방인 환영, 월수 사백 보장, 미로迷路의 회로에서 길을
잃어.

시큼한 그들만의 세상. 생각하면 목 근처가 간절하게
짐작하는 스키드 마크. 흔들리던 철자에 핑글 온몸이
돌아. 화려한 궁전 위에 집을 짓고 오도카니 앉아 있는
그네. 클레오파트라보다 더 불안했던. 흔들리는 그네
위에 앉아 있던 그네.

언젠가 이 길을 한 번은 와 본 게야. 그네도 틀림없이
내 생에 한 번쯤 들른 거야. 혹시 알아 내 생을 쿨럭쿨
럭 지나간 지도. 역전된 환생의 기억들. 막강한 시간은

성난 딸꾹질이 되어 지나가고. 불쑥 내민 악수로부터
진전되었던 사이. 아무 일도 일어나지 않았던 하루. 가
끔 눕고 싶어 잠들던 하늘과, 바다를 꿈꾸곤 하던.

유폐

눈꼽 낀 눈을 눈꽃처럼 헤집으며 시간을 확인하다 말고 절로 듣는 빗소리. 날아갈 수 없어 웅크린 채 발아 안된 씨앗으로만 공존하더라도 그래도 가끔은 몸을 뒤틀었고 소식은 배달되지 않았다. 무소식을 확인한 후 습기 찬 이불깃 턱밑까지 끌어올린다.

습관처럼 친숙해진 비린내. 누가 남겨 두고 간 잿빛 낙서장.

죽음에의 환청. 혹은 마조히즘. 사방연속무늬 벽지에서 생쌀벌레들이 기어 나오는 환시幻視. 예민한 촉수들이 더듬이를 세운다. 헐거워진 힘줄 위로 다시 반짝이는 필라멘트. 잔혹영화용 목조름. 무서운 신처럼 입술이 갈라진다. 누군가에게 질 좋은 보습크림처럼 깊숙하게 스며들 수 있다면. 잠시의 기쁨이었던,

상단부가 살짝 깨진 은거울. 원망의 눈빛도 아랑곳없이 장식이 벗겨진 병정인형에게 잠시 눈을 맞춘다. 사

람이 슬픈 건 육체 때문이야. 언젠가 꽃피웠던 자리. 지
금은 퇴화된 자리. 손가락 끝에 가만히 올려놓고 핥아
본다.

달콤하다.

나는야 슬픈 가해자

소행성 B612에서 오셨어요?

꽃들은 잘 계신가요?

누군가의 갈라진 음성이 귓바퀴를 울리던가요?

마침 옆으로 이사 온 이 별은 마음에 드셨나요?

이별이 아니고, 이 별,

점심은 뭘 해 드셨나요?

밑반찬이 독나셨다고요?

아이쿠, 밑반찬을 나르곤 하던 여자친구마저 증발하

셨나요?

신발은 불편하진 않으신가요?

때로 신상품이 궁금해져요.

웃지 마요. 그렇게 치명적으로

당신이 행복하길 나도 바래요.

다시 볼 수 없는 아버지 아 엄마

공중으로 날아갔나요? 아래를 내려다보고 지하로 낙

하하셨나요?

과유불급이란 말을 오늘 학교에서 배웠어요

그녀는 발작증으로 18, 18거리다

정말 3시 18분 18층에서 뛰어내렸대요.
어떤 용기가 있으면 뛰어내릴 수 있는지가 궁금했어
요.
(18, 18, 18, 18)
그녀의 열여덟 꽃다운 육체의 농도가 조금은 궁금해
요.
만삭인 채 떨어져 내렸던 한밤중 덜컹이는 샤시 문처
럼
들끓던 모딜리아니 아내의 내심도요
조금쯤

바람을 읽는 법

나는 낯선 마을에 와서 낯선 춤을 추다가 목 어딘가가 몹시도 가려워져서 성난 잠을 깨었지. 네가 생전에 유일하게 선물한 양배추 캔디 인형. 가끔 인형을 우그러뜨리며 쾌락을 간직할 때도 있었지만 슬프지 않아. 날아드는 햇빛에 눈을 찌푸릴 때마다 돌멩이가 날아와 눈앞에서 단단하게 갈라지는 풍경을 선물하곤 했지. 그러자면 꼭 쥐었다 빼앗긴 애장품처럼 손이 헛헛해. 제발 내 옆에서 옷을 입지 마. 여자들의 가면을 단숨에 벗겨 내는 너의 필살기 내두르지 마. 네가 내 집 근처 이름을 불렀다 한들 그게 대수니? 지금도 그 강가에는 불구의 시간들이 가끔 떠오른다고. 하지만 그건 풍문에 불과해. 어제는 그곳에서 어린 여자아이 하나가 입이 틀어막혀 끌려갔어. 가방과 지갑을 놔둔 채. 난 가끔 여자아이의 죄를 묻고 싶어져. 여자아이의 신형 가죽지갑을 주워 오지 않은 건 잘한 일이야. 풍문을 다 믿는 건 아니지만. 그 참에도 나는 느끼기보다 철자가 먼저 떠올라. 순서를 빼앗긴 건 그 때문이야. 상관없어. 회색빛 냉장고 안 신문지에 단단하게 싸 놓은 대파들은 아직

싱싱해서 언젠가 네게 오늘의 요리들을 보여 주고 싶어
졌어. 그럴 일이 없겠지만 꿈은 자유로울수록 좋은 거
래. 이제 그만 바이.

빈둥달팽이의 변명

당신의 우윳빛으로 장식된 온몸을 핥아 주기로 하지
난 한평생 빈둥거렸거든
누워도 빈둥
세워도 빈둥
한 끗 차이군
빈둥과 빈궁

무슨 달팽이가 저리 아는 게 많아?
입안으로 한입에 쏘옥 베어 갈 걸.

난 목소리 나쁜 애하곤 안 사귀어.
쇳소리가 나면 쓰으 손가락이라도 베일 거 같아.
심장인 줄 모르고 나를 베어 갈 거야.

울음이 거쳐 간 그녀의 뜰 안을 기웃기웃 훔쳐보다가
가는 거지
죽음이라고 들어 봤냐고? 글쎄 죽어 가는 모습은 보
았지

커다란 산 같은 구둣발이었어. 유체이탈해서 땅에 납
작 엎어진 제 몸
　고음의 악 소리도 미색의 저음도 안 지르고
　반짝이는 이물질만 땅 위로
　투명하게

　난 아무래도
　빈둥이가 맞는 거 같아.

그 집 앞

끊임없이 솟아나는 갈증처럼
반짝 소리 내지 않고 스미는 불빛처럼
한밤중을 걷는다
폐허 속을 달려 한 점 바람결 음률에 실려
구불구불 골목길 스쳐 다다른
말이 워낙 드물던 너의 방
꾸벅이는 눈으로 맞아 주던 낯익은 보랏빛 창문
주인은 없는데 밤 몰래 어둠 밝히며 무얼 하고 있었
던지
통곡처럼 흘러내리던 나지막한 미드나잇 블루
알맞게 듣기 좋았던 음성과 꽃잎처럼 흩어지던 마른
입술들
차가운 공기 속으로 포르르 날아가 버리고
붉은 공중전화 앞 추위에 떨며 망설이던 연인의
가난한 호주머니
영혼은 아직 그 집 앞 떠나지 못해
쉬임 없이 북풍 속을 흘러 다니고
자욱한 바람 서쪽에서 다시 불면

실팍한 봄바람에 우울한 연인은
지치고 외로운 비상을 허용하고
빈 가지처럼 흔들리던 어깻죽지는 덩달아
새파란 봄바람에 날리고.

바다 시계

아무도 마중 나오지 않은 곳, 잃어버린 내 시계가 있
었다
수상한 이름 소유한 낮은 집들 유쾌한 속도로 달라붙
고
바다의 체온 물씬 풍기며 달려드는 시계
습기가 많아 창창한 별들은 낯설고 축축한 상상의 진
원지
푸른 지상을 물끄러미 내려다보고 있었다
폐선 하나 기우뚱하고 있었을까?
심장에서 물이 흐르는 듯했다 말라 버린 눈물샘 다시
솟는지
잠시 서서 심장이 덜컥대는 소리에 귀 기울여 보았다
근황이 궁금한 나뭇잎에 일렁이는 바닷바람 소리 스
쳐 지나갔다
물새 소리 아득하게 들려오고 어쩌면 두고 온 시계가
낡아가며
제 무게에 겨워
기우뚱대며 적막을 가로지르는 소리인지도 몰랐다

아무도 그걸 알 수는 없으리
시계 위로 떨어지는 하루를 다한 햇빛의 무게
스스로 반짝임을 더했더라면
견디기가 수월했을지도 모르는데
깊은 해저 밑을 흐르는 물소리, 물소리들
절로 짱짱해져서는.

오르골 속 여자 인형

제 몸에 불을 밝혀 주세요. 당신의 허둥대는 눈으로.
부푼 손가락으로 내 몸을 꽈악 조이면 전류가 흐를 테
죠. 부들부들.

당신이 없을 때에는 당신이란 전류가 너무 절박해 질
질. 오래된 캐러멜 같은 눈물이나 흘리겠어요. 제1막 2
장 속으로 당신을 초대해요. 죽은 오빠는 잘 잊어버리
고 당신이라는 충전소를 찾아 질주하고 파요. 뚝, 뚝,
잘도 흘러나오곤 하는 당신의 푸른, 색이라는 램프.

응시만으론 충분치 않아. 우리의 트랙을 완주해야 해
요. 뚜껑을 열면 돌아가는 뮤직박스. 음악은 언제나 단
정, 정확, 확실, 우아, 무사

날 돌려세워 주세요. 세상 밖으로. 오르골은 진분홍.
소용 닿게 요란해도. 귓속에 당신을 장치하자면 얼마나
많은 접속어가 필요할까요? 좀 억울해도 참을게요. 원
통한 게 그대뿐이냐고요? 우린 지치지 않게 씩씩한 사

랑을 연속해서 상영하죠. 늘 정해진 희디흰 드레스 자락의 세공을 주의하며.

뚜껑만 열면 되어요. 뚜껑은 왜 이리 무거운가요? 하루 내 서 있어도 힘든 줄 몰랐는데…… 돌지 않고 살 수 있는 그런 곳.

무릎을 살짝 굽혀나 볼까요? 다시 환하게 열리는 뚜껑.

차라리 눈을 감고 고된 경배를.

빛보다 맑은 물살

강물을 거슬러 올라가는 물고기가 있었다. 넓은 바다에서 작은 지류를 찾아 단 하나 남은 사랑 찾아 떠났다. 나침판도 등대도 없는 길, 팔도 없고 다리도 없는 길이다. 무섭고 기막힌 길이다. 허나 가야 한다. 물수리가 노려도 가야 한다. 슬픔을 접고 가야 한단다. 아버지 체온이 그곳에 가면 녹아 있더란다. 강물을 거슬러 오르면서 폭포보다 심한 속도로 냇물 찾아 올라가면서, 물고기는 몸이 형편없이 일그러져 가는 걸 몰랐단다. 양쪽으로 붙은 눈 온통 푸른 절망뿐이었다고, 절망이 조금씩 하얀 양수로 흘러내릴 때, 마침내 기쁘고 황홀한 재생이 찾아왔더란다. 어떤 속도로 흘러왔는지 빛보다 빠른 속도로 흘러왔는지, 그런 건 중요하지 않았더란다. 마침내 죽음이 왔을 때 그의 눈 온통 환한 빛 차올랐단다. 빛 때문에 눈이 감기는 것도 몰랐더란다.

제3부

너를 생각하는 간격

생각해 보니 우린
악수가 적었던 사이
너에게로 나란히 닿고 싶어
웃음의 공명共鳴을 요청하던 저녁
그렁그렁해지는 잘 마른 눈썹 하나는
슬쩍 뒷주머니에 꽂아 두고
지하도 속으로 고요하게 스며 들어갈 때
하얀 김이 아련해지도록
호명하고픈 난
창으로 타고 넘어온 잘 마른 머리칼과
희고 푸른 창틈으로 스민 그림자 아련해지면
아뿔싸 진지한 눈빛들은 저만큼 물러서 가고
꽃향기 스산해지곤 하던 거리를
가끔 고이는 침처럼 꿀꺽 삼킨다.

낙엽의 방법론

너를 생각하고 나니
문득 가을이 왔다
새들이 달그락달그락 내지르는 비명으로
지친 잠을 깨고
키 작은 꽃들이 자리를 펴는 근방에 서서
가뭇없는 너의 흔적을 알아보았다
이제 마악 제 몸 스스로 먹빛으로 물들인 낙엽들이
쓸쓸하니? 쓸쓸하지?
인사해 주었다
이제 가을밤이 깊어지면
너의 기운이 뿌리에 어떻게 스며드는지
젖은 대롱 따라서 퇴화된 나뭇잎에
어찌 견딜 수분을 뿌려 주는지
알아보겠다
가지에 매달린 가을바람을 맞고
어떻게 미쳐 가고 있는지 알아야겠다
너와 나의 변색된 사랑이 문득
하강하는 자유를 선택하는 날

나도 따라 너에게 가고 홀로
잘 썩는 방법이나 익혀야겠다.

브라운관

나는 당신에게 살을 발리고
내장을 발리고
산산이 해체되어 이윽고
달콤한 뼈만 남아요
배고픈 짐승의 번득이는 눈빛이
어둠 속에서 교교하게 반짝여요
바깥은 문득 캄캄한 허공
끝도 없이 머리를
바닥으로 향하던 사람들이 떠올라요
꽃처럼 흘리던 피가
곡절 없이 사연 없이 단번에
단칼로 내려치듯 확연히
아주 오래전의 비루한 생이라고
거역할지 몰라도
그때쯤 낙낙한 당신의 처소가
환청처럼 아찔하게
떠올라 올 지도 모르겠네요
흰 치맛자락을 뒤집어쓰고

바다로 속력을 가해
뒤집혀지던 그 어린 광녀狂女처럼.

습관성 그리움

목련꽃 그늘 아래서
베르테르의 편지를 읽을 수 있을까
편지를 쓴 베르테르 이미 늙었고
젊은 베르테르 언어를 잊었다
목련꽃 하이얀 그늘 아래서
목련꽃 등 환한 계단 아래서
열심인 척 편지를 읽었으나
그리운 이 혹시나 글씨는 보이지 않고
목련꽃 글썽이는 벌레 먹은 환한 그늘만
자꾸 눈에 밟힌다.

애월涯月* 이라는

슬픔도 낯설고 한갓질 때는 거기
애월에나 가겠다
거기 검은빛 밤바람 파도 소리에게
큰 소리로 붉음이 가신 흰 입술로나 말하겠다
어떤 커다란 슬픔으로 넌 까만 돌빛이 되었는지
그토록 고상한 돌옷이라니 말 못할 아픔으로 그렇듯
끄덕없는 전생의 바람빛이라니
내가 널 얼마나 생각하는 걸 알면
네가 얼만큼 깜짝 놀랠 건가 하는지에 대하여
달빛 찰박찰박 스며든 밤바다에게
조곤조곤 일러주겠다
애월이 만약 어디 있느냐고 묻는다면
말없이 손으로 찍은 물 그림 한 장 보여주겠다
물방울 같이 가뭇없는 흰 소리로나 말하겠다
이윽고는 없어질 내 손가락 지문이나 찍겠다.

* 제주도에 위치한 '물가의 달'이라는 이름을 가진 바닷가 마을 이름.

풍경이 있는 거리

잎 진 자리마다 지난 사랑이 유전遺傳이 되어 흐른다. 해도 돋아난 붉은 꽃잎 알 리가 없고 밤새운 그대가 여백으로 보낸 편지. 모퉁이마다 절벽마다 피울 꽃잎 나 홀로 쓰리. 시마다 편편마다 꽃피운 여운 잠시 헤아려 네가 잠시 알지 못할 향기에 눈물 날 수 있다면 그도 좋으리. 이 밤에 자전거 페달을 돌려 길 따라 빛이 따라오도록 어두운 땀방울이 햇살에 깃들 때까지 네가 온다고 할지라도, 은빛 자전거 모퉁이마다 날 향한 몸살의 줄기가 켜켜로 파릇파릇 풀어져 나온다 해도, 그 보퉁이 내가 풀 수 있을까? 과연 너와 내가 그걸 알 수 있을까?

시간들

당신 뒤축의 푹신함이 되고 싶었어요
시간을 조금 저금하면 되거든요
너무 불쌍하게 여기지는 말아 주세요
가끔 생각나면 게으른 여자처럼
거치른 손바닥으로 쓰윽
개운치 않은 생각이 들걸랑 한 번 타닥, 탁
그도 저도 싫다면 말끔한 물 세척을
나는 그냥 흔한 습기나 될래요
좀 축축하지만 기생하는 삶
어디 그리 흔한가요
동전이 또르르 굴러가는 나무 침대 아래
포근한 잠 꿈꾸는 나를 한 무리 발견하면
따스한 베란다에 잠시 두고 보아주세요
눈물 따윈 보이지 않아요
당신 끝내 쫓아가고 말 거예요
당신의 속내와 일상사를 파고들지도 몰라요
그러다가 당신이 못내 좋아지면
시도 때도 없는 전화 울음 울지도 몰라요
아주 같이 살아질지도 몰라요.

환상수첩

당신이 웁니다. 잉잉. 지금은 테라스가 붕붕 울리며 햇빛 레이저를 쏘는 푸른 오후. 제라늄 화분 놓은 건너편 창가에서 당신이 추상화처럼 일그러져서 웁니다.

당신이 웃습니다. 흥흥. 편한 웃음이지요. 어린 모차르트가 뒤뚱뒤뚱 경쾌하게 걸어옵니다. 그때 정말 즐거웠다고, 신이 난 당신이 후웃 웃습니다. 바람의 기운을 묻히고 단정한 흰 이마를 쓸며 조각상 같은 얼굴이 가만하게 흔들립니다.

당신이 갑니다. 얼어 있는 눈발을 툭툭 발등으로 치며 갑니다. 투박한 손으로 바닥에 묻은 슬픔을 닦고 나서 당신이 갑니다. 이제 더는 못 기다리겠다고, 너 같은 아인 처음이라고 사랑했던 건 사실이었다고, 별빛을 털어내듯 떨치고 갑니다. 울며 웃으며 갑니다.

그 뒤로 파란 공이 된 내가 데굴데굴 따라갑니다. 기쁨도 슬픔도 아닌 것이 한 컷 한 컷 투명한 줄이 되어

내립니다. 한 절망이 깍지 낀 손을 들어 다음 절망을 이
끌고 갑니다. 더는 못 견디겠다고 해도 못 견디게 끌고
갑니다. 예쁜 당신, 어느덧 끌려갑니다. 그렇게도 방향
은 반대였습니다.

생이란 영화처럼

그가 한 전철에서 내렸다 그을린 얼굴로 휴가를 다녀왔을까 강의가 많았을까 축구 경기에 참가했을까 나를 알 리가 없는 그는 혹시라도 옛날 같던 인연으로 만나질까? 딕셔너리 얌전하게 놓아진 가방에 수줍던 사랑을 감추고 그는 또 한 생을 연기하고 오는 중일까?

나는 한 생을 엎지른 잘못으로 시간과 상관없이 노인처럼 영등포역 한편 웅덩이에 고인 물 그림 구경하다가, 오가는 사람들 심상함을 엿보다가, 버려진 신문지나 전단지처럼 전철에서 졸다가, 잠이 덜 깬 채로 일찍 지축서 내려서 아뿔싸 먼 북한산 바라보며 생각에 잠겨서는.

나는 그를 본다. 그는 나를 채 보지 못한다. 그가 창을 물끄러미 보는 모습은 언젠가의 내 모습과 흡사하다. 그의 마음에 불붙은 내 생을 살짝 움켜쥐고 다이어리 한편 내 이름. 그의 색인에 선명한 낙인을 찍고 싶다.

결국 아무 일도 일어나지 않았고 전철은 제 길로 갔
다.

달콤한 인생

키스와 초콜릿 케이크와의 대비는 당근 뻔한 거 아닌가 뭐 애인과의 키스라면 몰라도 손가락질 받을까 누가 뭐라나

이곳은 꿈꾸기에 적당한 장소라서 맛있는 건 벌레님이 먼저 드시옵소서

벌레 먹었음 어때요 무공해 채소인 걸요 푸르미 웰빙 라이프 다이어트에 도전하세요 무엇이든 좋아요 사실전 너무 오래 충전 중이었어요 베이커리 문을 열고 혼자 먹을 딸기케이크 또는 초콜릿 무스를 선택하라는 건 너무해. 사는 게 정녕 난감해서 그러시는지 아님 이것 저것 난처하지를 않은지

오늘은 그이와 헤어진 지 일 년째 기념일이죠 전화를 걸어볼까요 모멸감을 알고 싶으시다면야 깜짝 놀란 건 그만이라고 여겨지나요 기억하는 건 게다가 난수표 같은 것이어서 수직으로 솟구치던 햇빛과 나뭇잎과 블루

선데이의 밤들

　말하자면 아무래도 못된 가혹을 벗어나기에는 아직
아까운, 덜마른, 이 찬란한 유치의 달콤쌉싸름한 햇빛

나는 너보다 먼저 잠들어

너는 편서풍처럼 날아가고 나는 직선으로 펄럭였다. 항상 구부린 채 모서리에서 잠이 드는 시간에는 딱딱한 어깨 위로 잘게 바스라지던 햇빛. 추운 살갗에 혀를 대면 깜짝 놀라 소스라치던. 울고 싶을 때마다 추잉껌을 씹곤 했다. 혀를 대면 이내 축축해지곤 하던 껌. 꿈은 좀처럼이나 깊어졌고 안개는 일생 속에서 더 푸르러졌지.

마침내 잠이 들어. 다시 나쁜 물이 들어와 쉬잇. 내가 세상으로 향하는 구멍 마다에 그런 꿈들이 잇몸을 보이며 웃고 있지. 너무 무서워지면 냉정해지는 거래. 네가 나를 좀 고여 주면 좋겠어. 욕망뿐이라는 건 너도 나도 알고 있어. 내가 할 수 있는 거라곤 속을 조용히 조율하는 것. 너는 알 수도 없는 연민 또는 없는 격려. 아무것도 모르는 것 같은 얼굴로 또 해사하게 웃고 있고, 사람들은 온몸을 떨며 웃어대지. 웃음의 장소에는 소리가 없어. 눈물을 싫어하지만 난 눈물이 흔해져서 아무리 눈을 꾹 감으려 해도 그게 잘 되지가 않았어.

때로 화를 견디고 난해한 꿈들은 꿈틀꿈틀 시계 초침처럼 이어지곤 해. 싫어하는 외화 시리즈. 나는 늘 항상 너보다 먼저 잠들어. 내 슬픔이란 대체로 보기 싫은 취향과는 관계가 없다. 하지만 괜찮다고 말하려 해. 째깍거리는 건 시계. 희부윰한 진동 속에서 날벌레들과 속삭이지. 밤은 좀체 꺼지지 않아. 단단한 밤이란 존재하지 않는 덫. 다만 불행한 건 내가 팔다리를 지닌 채 살아 있다는 것 뿐. 불을 켜두면 밤은 단번에 날아가. 그렇다고 낮도 아닌 한 벌의 온전한 공포. 이빨이 우수수 떨리기도 해. 유령 같은 게 나를 물끄러미 바라보고 있는 것만 같고, 견뎌 내는 게 생이라고? 이렇게 많은 물체가 가득한 복잡한 세상을 견디고 나면

웃음이 먼저일까 울음이 먼저일까. 저녁에는 오지 마. 모든 게 천천히 다가오는 이 밤. 다가오는 고요를 깨뜨리듯. 앗! 고요를 참듯 이윽고 캄캄해지는, 그 무엇. 천천히.

유리공원처럼 어여쁜

문을 열고 들어오는 네가 좋아
한껏 웅크리고 있었어
나를 들추고 네가 들어올지도 모르잖아
둥글게 만 몸을 보풀처럼 부풀게 해 줄지도
당신이 아니라고 말하기 전에는
커튼콜을 울리지 마
흔들리는 건 무대만이 아니야
가로로 움찔움찔 떠다니는 오월의 햇살
데워진 강물의 따사로운 숨소리
맨발로 걸어가면 괜히 등이 간지러워
사실 괜찮지가 않은데
혼곤한 잠에서 깨어나면
거짓말처럼 당신의 느낌이 좋다라고 말하는 중,
기다림을 가능케 하는 건 잔 물결무늬가 아니라
손사래치며 가지 말라고 하던 마음
초원의 말처럼 서로의 목을 대고
나는 단번에 시간을 건너는 방법을 예감한다
가끔 팔 언저리를 아프게 문지르며 붉어지는 살갗으

로
　세상을 참견하는 눈
　유리공원처럼, 어여쁜.

때맞춘 불꽃놀이

간혹 슬픈 눈으로 그대를 바라보면

안간힘으로 불을 밝히는 낯선 행성처럼

밤을 새워 통증과 이별하곤 했죠

바라는 일이 바라지지 않는 일이 되는 건

복잡한 일이라고 간신히 발음할 때

기실 하고자 하는 건 사소하지만 간단하죠

사람과 사람이 바람처럼 넘나들 때

내가 그대에게 닿고자 마른 수건처럼 손을 흔들 때

그대 눈길이 머무는 곳이 둥그런 해안선이라면

간절하게 그리고 순진하게

웃음이 무더기진 하얀 찔레꽃처럼

그대 가슴에 아프게 찔리길 바랐나 봐요

너의 애인들이

꿈에 나타날 때마다 울지도 못하고 바보처럼 서 있었
다네

때가 아닌 옷을 걸쳤던 허수아비처럼

네가 햇빛 속에 가만히 서 있을 때 절대로 꺾이지 않
는 단념의 길

긴 칼을 빼들고 너는 죽었고, 네 주검 옆에 나는 천천
히 눕고
더 이상 외롭지 않는 비명碑銘이 되고 싶었지만
각을 세울 생각조차 없는 채도가 낮은 한 웅큼의 비
명悲鳴
나는 비로소 입이 열려 속살거리고

운주사에서

운주라는 그 여자랑 배 한 번 맞고 싶었네.
먼 데서 헝겊 가방 하나 달랑 메고 와 배시시 웃던
볼우물 웃음이 고왔던 그녀.
저물어가는 저녁, 벚꽃 그늘 산등성이에 어룽지는 날
어쩌면 달빛을 닮은 꽃 그림자 슬그머니 꺼내
그녀 가슴팍 대롱대롱 목걸이로 달고도 싶어지는 시
간.
그녀 닮아 아름다운 운주사로 떠나고 싶었네.
매표는 끝났어요. 들어가지 못해요.
주차장 앞 으슥한 곳. 그녀를 밀어 넣고
당황해하는 그녀 입술 한 번
제대로 훔쳐보고 싶었네.
부처들도 벌러덩 누워 한 세상 알콩달콩 지내는데
나라고 못하겠냐.
흰 앙가슴 속으로 쓰윽
손도 한 번 넣어 보고 싶었네.
야비하게 또는 얍삽하게 그녀 스커트 자락 올릴 때
여기서는 싫어요. 우리 편한 곳에 가 누워요.

저기 저 와불처럼요.
그러는 그녀. 냉큼 내 것으로 가지고 말았네.
그녀 당장 옷깃에 붙은 풀잎마냥 떼어 버리고
딴 여자 팔짱 끼어 하히야호호
울먹이는 그 여자 울리고 말았다네.
그녀 홀로 떠나는 날
운주사 앞에 다시 가고 싶었네.
난 왜 이런 놈인지. 내가 살고 싶었던 건 너였다고
산정山頂의 와불처럼 입 다물고 싶었다네.
운주라는 그 여자에게

철없는 연애

철없이 연애하던 시대는 지났대
당신도 나도 실은 답을 다 알지
서로에게 불에 대인 듯 상처를 다시
소금물에 헹구어 상대에게 보란 듯
꼭 짠 빨래처럼 흔들어 대는 짓 이제 다시 안 해
어둠의 기척에 몸을 떨며
새벽에 도둑처럼 문을 나서는 일 따위
차라리 하고 싶다고 하지
키스 정도는 무방하다고 해
사랑에 빠져들수록
대차대조표에서 밀리는 거고
경쟁에서 낙오되는 거
속도의 완급緩急을 조절하듯이
감정도 조절해야 하는 거 알고 있지
괄약근의 농도를 조절하듯이
사랑이라는 게 애초부터
있기라도 했겠냐면서도.

제4부

눈아

눈아! 라고 부르면
누나가 된다
사려 깊고 다정한 누나
누나라고 부르면
얼른 달려와
흰밥이라도 차려 줄 것 같은 누나
엄마보다 덜 무섭고
엄마보다 만만한
물론 엄마보다 더 예쁜 누나
오늘 하늘에서 희고 탐스런
누나가 내린다
재작년에 흰 옷 입고
가 버린 누나가
흰 옷 입고 다시 와
내 양 볼이며
어깨를 어루만진다
자꾸자꾸
어루만진다

페차장에서

금가는 일 따위로 소리하지 않는다
잘게 부서지는 햇빛 속
태양을 인내하는 일 따위
부서질수록 햇빛 아래 저리도 찬연해
다만 다른 이의 등이 이리도 따뜻한 건
한 세상 구부리고야 알았네
아직 속도를 잊지 않은 차가 한 대
정중한 눈인사를 하지
갈 길을 아는 자는 침묵할 뿐
그저 햇빛을 즐기며 눈을 감는다
애들아 견디는 게 생生이란다
묵언수행默言修行하듯 참는 거야
어디선가 드리운 플라타너스 그늘이
감기는 눈을 살살 쓰다듬는다
속도가 멈춘 대신 귀와 눈은 훨씬 밝아졌지
우린 그걸 알아
이윽고 밝음이 하루의 무대 밖으로 퇴각하면
가만한 동무들이 사차선 도로에서 활보하는 소리가

들려

    언젠가 빛나던 내 눈길을 사로잡아
    두 눈으로 똑바로 보았던
    그 햇빛 아래 찬연히 반짝이는 들판들과
    바다와 벌거벗은 여인들을
    꿈꾸기도 했었지
    이미 떼어진 두 다린 아직 기울기를 기억해
    속도가 멈췄다고 기억마저 멈춘 건 아니니까.

공범

우수수 공장에서 쏟아져 나오는 베이비
그 어느 날 너와 내가 끙, 끙 힘도 쓰며
만들어 낼 법도 한 베이비
베이비 박스에 한때의 사랑의 흔적 아니
배설의 흔적을 밀어 넣으며 그녀는 츄파춥스를 빨듯
아랫입술을 쓰윽 핥았어
아무 일도 아니야. 적어도 난 베이비를 죽이지는 않
았어
키울 능력이 없는 거니까
그래도 생명은 소중한 거니까
언젠가 다니던 잔업을 마치고 대학을 다니게 되면 물
어봐야지
혹시 베이비 때 버려진 아이가 평범한 대학에 오게
되는 확률은
그리 미심쩍은 것이냐고
편히 잠들 수 있어. 내 탓이 아니니까
입맞춤이 없어진 지 오래인 남자친구
임신을 말하자 핸드폰을 바꿔 버린 그 새끼

오늘 너의 비밀을 말해 줄게

네 귓볼을 꽃잎을 입에 물듯 살짝 깨물어 줄게

우리 사이 아무 일도 없었다고

만지고 싶으면 만져. 날 가져도 돼.

출산의 흔적쯤 네가 모를 테니까

또 그 사이 남자 서넛쯤 다녀갔다 짐작은 가능하겠지
만

가능하면 힘껏 네 머리통을 만져 줄게

내 사랑, 나의 공범

붉은 그대

　　얼어붙은 등불 하나 켜들고 빗속에 떨고 있던 석등. 고개 수그리고 앉아 촛불처럼 흔들리던 붉은 그림자. 소복한 불씨 보듬어 찬 공기로 날리고 무슨 열기가 그리 많은지, 땀방울마저 차가움으로 간직하시려나. 앙다문 입술 사이 양 주먹 불끈 쥐어 던져 보던 헛손질에 이제는 떨리던 미세함만 남았는지. 안녕 그대. 수채화처럼 젖어 있는 하늘 언저리 가끔 궁금했었어. 초록빛 수첩에 뽀송한 눈물로 잉크 번지듯 살아 있는 흐릿한 꿈. 바깥쪽에서 찰박찰박 떠 있던 섬 하나. 배기던 잠 끝에서 푸르르 솟아오르던 것들은 꿈 밖으로 썰물처럼 밀려가고, 네가 순하게 잠들었을 독방을 몰래 훔쳐본다. 때론 네 방 초록빛 창가를 뒤덮은 담쟁이덩굴 같은 체온이고 싶었어. 다가올 밀물에 맞서 흰옷으로 갈아입고 순한 눈 껌벅이고 있는 생각하면 아득한 이름. 갈라진 찬 입술 끝에서 새하얀 입김으로 솟아오르면.

성인동화

　구석구석 동네를 어슬렁거린다. 다닥다닥 이마를 맞
댄 다세대 주택. 모서리가 그을려 서늘한 숲 그늘에서
소리 없이 본드와 연기를 흡입하는 아이들. 지나가는
오토바이가 굉음을 찢어발기며 차가운 공기를 깨뜨린
다. 가랑가랑 돌아가는 숨이 죽은 보일러 소리는 습한
공기를 통과하며 들려온다. 거주지는 늘 축축했다. 베
개도 이불도 애인 자체도 젖는 중이다. 수분이 부족한
선인장 화분 어딘가가 몹시 아픈지 가시 빛깔이 퇴색되
었다. 조금씩 윤기를 잃어 가는 난초 무늬 그릇들도 눈
을 꼭 감고 잠들었다. 이빨 어딘가 아프네요. 아니 잇몸
이 아니 신경이 가끔 아픈가 봐요. 아니면 추억이 몹시
아파요. 임플란트를 할 수 있을까요? 내 뼈는 아직 제
자리에 있는가. 그래도 세상의 모든 것들은 가끔씩 반
짝이고, 붉은 물고기 빛 등燈들이 꽃무늬 쳐진 때 절은
커튼 사이 세모네모 창틀에 사알짝 등불 따위를 줄레줄
레 매달고 있었다.

겨울 비망록

언제나 그러하듯 관 속 같은 작은 방으로 연기처럼 스며들면 육신은 늘 평안을 얻었다.

외기外氣의 온갖 습도를 모아 만든 안 보이는 거인의 괴력에 소리 없이 짓눌린 상체를 고프게 안고 들어와 습기 찬 안심으로 눈물처럼 흡수되면 자궁 속 깊이 아늑한 잠이 들었다. 눈에 띄는 작은 풍경들. 손때 묻은 삼중당문고. 낡은 라디오에서 어쩌다 맑게 흘러나오곤 하던 새드무비. 시간을 견뎌 낸 흔적이 선명한 원탁. 사벌식 마라톤 타자기. 어느 소녀의 사랑 이야기. 눈이 없어 차라리 목이 길던 모딜리아니. 벽지에서 톡톡 돋아 나오곤 했던 분꽃 내음들에게도 취향이 있었겠지.

새끼손가락 마디만한 창틀로 빼꼼히 밖을 내다보면 어느새 분주히 지나다니는 사람들. 전 생애의 억셈이 체질처럼 배어든 장사꾼 아낙이 심상한 얼굴로 지나가면

흰 유방을 난자당한 비너스 입상은 어느새 울고 있었
다.

소리에 갇힌 사내

소리에 갇혀 날마다 작아지는 사내가 있었다
그 사내는 오늘도 소리와 함께 산다
오늘도 그 사내는 너무도 많은 소리의 방에 갇혀 소
리와 함께 뒹군다
꿈속에서 비명에 시달리다가 깨어나, 베란다 창문을
스쳐 지나가는 노랑나비 한 마리가 눈앞에서 자꾸만
팔랑거렸다
수은등 아래 창백하게 질려 있는 저 소녀는 누구인
가?
그는 소녀를 구하려는데 자꾸만 진창에 발이 빠졌다
오래전에 산 랜드로바는 자꾸만 물이 새는데
저 숨이 넘어가는 소리를 이기려는 내 여윈 비명이
들리니?
세바스찬 바흐처럼 달리는 폭주기관차처럼
늦가을엔 눈썹을 페인팅하지요. 가급적 무섭게요
이봐, 한 시절 이미 지나갔다고
한여름의 꿈처럼, 혓바닥에 녹아 버린 게보린 분홍
가루처럼 사라지는

이봐! 그냥 하던 일이나 계속하라구

그렇다면 인생을 함부로 낭비한 건가?

그때 일을 그냥 잊으신 건가? 시계는 그냥 가져 오라구

파업이라도 시작되면 큰일이잖아. 우리 사람인 거 맞지?

시간이라는 괴물을 걷어 내면서 가자. 몸을 걷어 내면 좀 편안해질까

밤의 커튼이 켜지면 울면서 걸어가도 아무도 모를 거야

소리가 언제까지나 나와 함께하니까.

매혹적 기질

점막이라고나 해 둘까? 썩은 폐수가 천천히 구렁이
처럼 늑골을 흘러가고, 할 말을 다하기에는 세상은 너
무 아기자기해요. 대신 가혹한 시간을 가둬 두기로 했
죠. 웬 사이코 같은 영화가 픽, 픽, 이미 죽은 이가 된
이를 다시 한 번 스캔하고 지나간다. 고질적인 씨방이
사방으로 유쾌하게 퍼지면서 그녀는 낡은 지폐를 입에
물고 종달새처럼 히이 웃었어요. 대중탕의 쪽잠이 밀실
안의 잠보다 달콤한 건 도둑괭이의 철없음 때문이란다.
마셔. 가자. 사랑하는 법을 잃어버렸대. 흐느끼는 텅 빈
구멍 속에서는 딸기우유가 흘러나오고 가끔 꽃을 피우
지요. 우리가 다 알고 있는 흔한 꽃처럼 태양열이 더 다
양했으면 덜 심심했을 텐데. 저 동굴 안의 처녀는 왜 무
릎 사이의 땅을 나란히 걸어 둘까요? 왜 미치도록 간절
한 건 이루어지지 않는 걸까요? 잘 된 머리를 전시할게
요. 보아주세요. 나는 내 머리를 자꾸 잊어요. 내 비옥
해진 다리와 튼실해진 아랫배도 자주 흘러내려요. 누가
좀 대신 재워 줘요. 내 눈앞을 가로막는 느낌표로 좀 채
워 줘요. 빗살무늬 형으로. 애인들이 마악 내려요. 나는

바람이 부는 풍금을 타고 날고 있어요. 심야방송은 광고가 튀지 않아요. 나는 왜 태어났는지 내가 낳은 아이들은 어디로 갔는지 희미해져요. 당신 보이지 않아요. 가끔 아버지 얼굴이 떠올라요. 맨발로 팔차선을 걸어가면 헤드라이트에 비친 내 얼굴 알아줄까요? 이미 깊어진 사이 펄럭이는 깃발 끝 아득하게 꽂혀 있는. 자세히 보니 아는 사람 얼굴이네요. 알아요? 당신?

나는 전송되고 싶다

햇살에 대인 살 식히려 음지 끝에서 떨고 있던 날들
 매달린 생채기마다 유리구슬 꽃. 떨리게 달고 솟아오
르겠지

예리한 청각은 상실한 지 오래. 이마 위 신열처럼 오
르내리던 더딘 잠을 딛고 어둑한 동굴 안을 바라보고
있었지. 차가 끊긴 지 오래인 길 끝에는 검은 구멍이 마
치 흡반을 오물거리는 것처럼 보였어. 어쩜 산란기의
꽃잎 같기도 한, 흰 피아노 건반을 닮은 보도블록을 하
나둘 세면서 걷다가 보면, 꼬옥 잘생긴 고양이 하나와
만나곤 했어. 가쁜 숨소리를 내며 좁은 길로 휘익 가던
고양이.

썩 나쁘지는 않았어. 갑자기 최신 이론이나 현대의
곡명과 음계를 불러내라는 명령만 없었더라면. 어디로
갈까? 주저앉지 못해 떠도는 세밀한 먼지 같은 망령이
나 될까? 쥐구멍 같은 시간이나 어루만질까? 망설였거
든. 추억이란 대개 그래. 좋은 기억도 동행하지만 거의

자질구레한 고통과 함께하지. 달리 통과의례라 했겠어.

  오래된 기와를 얹은 옛집을 찾아 나설 때. 누군가의
급작스런 키스를 받아들곤 하던 갈색 담벼락. 해묵은
이론 수업보다는 햇살이 좋던 바다 내음 건너오던 언덕
에서 주로 치명적 기억의 주인공일 수도 있었지만 무명
의 등장인물이기도 했던 지금은 알 수 없는 사람들.

  다듬을수록 망가지는 건 애장품만이 아니지. 그대에
게 맞춤형 애인이 되어주기로 한 하오下午. 지루한 수사
는 싫어. 끈질기게 눌어붙는 끈기도 마음에 안 들어. 진
부하기 짝이 없는 눈물이라니. 그냥 이렁저렁 나이 들
면 어때서?

  늘 처녀성인 별 한 채 우수수
  서 있는 내게 쏟아지고 있었다.

오래된 관성

슬픔으로 소진한 의자가 옆구리의 햇살을 투과하여 출렁거릴 때 기타 줄을 메고 나동그라지던 소녀 하나가 지금쯤 시집을 읽는다 그게 결별이라고 해도 좋다 나는 바람에 손목이 실리고 밤이면 쪽창마다 희부연 손가락이 유리창을 기웃대는 꿈을 꾸었다. 지금은 치료 중이니 내내 전화를 받지 말아 달라. 어둠 속에서 시녀들이 문득 좋아서 깔깔대는 웃음소리가 들려왔다 이봐 여자들은 키 큰 남자와 목소리 좋은 남자와 노래를 잘하는 남자와 연애를 하다가 결혼은 돈 있는 남자와 할 거야. 키 크고 목소리 좋고 노래를 잘하는 남자는 돈 있는 여자와 다시 연애를 하면 돼. 바람 소리가 다시 귓전을 두드리며 속삭인다. 의자의 생존 불가해함에 대한 고백의 일종이지. 그게 바로 나의 난감이었더래도 괜찮다. 밤마다 희부옇게 떠다니는 정체불명의 손가락이 휘익 별똥별이 되어 지나가면 기다리던 당신의 보랏빛 창문 근처의 기척도 아득해지더라고

이것은 나의 오래된 관성이었다는

위반의 속도

　방금 먹은 스프를 다시 젤리처럼 빨아먹어요 스프는 맛이 짜릿한 걸요 느닷없는 춤처럼. 할 일 없는 기타리스트처럼. 사람들은 우울을 숨기기 위해 그냥 걸어요 노래를 애창하면 내심이 들끓거든요 손가락을 걸어요 그냥 그렇게. 영악한 사람들은 다시 우우 소리를 질러요 환호가 두려운 사람들은 조금씩 긴장해요 다리를 조금씩 오므릴 때마다 알 수 없는 향기가 천막 안으로 들어와요 일찍 안개가 있는 날 밤에는 잠을 설쳐요 그가 내심을 아는 게 두려워 조금 늦어요 난 누락되고 태연함을 가장해요 예쁘게 생겨 먹었구나 어머나 기계가 소리를 내요 이제 랄라라 발음하지 않아요 그러나 잡담은 그만두고 얘기나 계속하죠 우리 아님 본론으로 진입하던가요.

터미널 속 경주빵 여자

저는 일찍 일어나는 편이랍니다. 주머니 한쪽에는 열쇠를 달랑거리고 출근을 하죠. 도로 위를 헤엄치듯 유연하게.

길가의 잔디 꽃들에게 인사를 해요. 간절하게 그리고 친절하게, 나를 바라보는 눈길쯤 싸악 외면할 줄 알아요. 붉은피톨이 전신을 휘몰아칠 때 경주빵 같은 태양을 질기게 쳐다보기도 해요. 지루한 사계랍니다. 지독한 거처이기도.

사랑하고 싶어도 상반신만 줄 수 있는 인어 같은 여자죠. 사실은 생식기가 막혀 있다는 걸 아는 사람은 많지 않아요. 늘 긴치마를 입죠. 알록달록 유채색 속옷을 숨기고 저의底意를 숨기고 늘.

보기 드문 정숙한 여자라고들 해요. 키스조차 못해본 철모르는 여자인 걸요, 눈물은 부운 발처럼 치마 속으로 쓰윽 감추고 오늘은 붉은 공단 치마 손빨래를 해

야 해요, 베란다 끝 밀가루 반죽처럼 말랑한 태양이 등
뒤에 내려 쪼이는.

　상상의 첫 입술처럼.
　문득 놓쳐 버린 월경처럼

오후면 내리는 눈 속으로

머릿속은 새하얗게 더께가 앉고 세상은 누렇게 변색
되어 버렸습니다. 온몸 세포 하나하나가 일제히 반란을
일으킵니다. 검은 머리 풀고 혀는 꼬옥 숨기고 하얀 연
기되어 하늘과 친근해지는 시간들.

락스를 듬뿍 쳐서 더러운 빨래를 하얗게 만들어 버리
는 한 여자가 손바닥을 부딪치더니 하늘을 봅니다. 눈
이 부신지 눈살을 찌푸립니다. 당신의 아내입니다. 이
미 누설된 습관처럼 당신을 기웃거립니다. 손가락 끝의
미세함을 따라서 빛이 관통하는 저녁 하늘을 마음껏 날
아 봅니다. 팔랑이는 마음을 접어 두고 이 생애를 불러
세웁니다, 오오 어지럽습니다. 발뒤꿈치를 들려다 멈칫
하는 당신의 근육이 먼저 보입니다, 돌아서려는 당신의
팔꿈치도 보입니다. 아직은 괜찮을까. 진지함더러 묻습
니다. 더듬거리며 다시 묻습니다.

날개 같은 의복에 입맞출 수 있다면 내 진심을 드리
리다. 나는 당신의 기억의 산물. 맨발을 공중에 매달고

읽어 버린 시간들이 벌새처럼 붕붕거리면, 밤새 기다리
는 내 마음의 묘연함도 수긍하여 보겠습니다.

낭만고양이

우리는 그렇게 서로를 탐색하지 우아한 척 있는 척 좋은 척.

좀 지겨워지면 하품을 하지 시계도 쳐다보면서. 네가 잘나가면 그건 야합이요 내가 잘나가면 그건 명예가 되지. 발톱을 꼼꼼하게 숨기는 거야 네 털은 진짜 명품이야. 입꼬리를 슬쩍 밀어 올리는 연습을 잊지 마. 인생이란 원래 그런 거래. 허점이 보이면 사나운 발톱 얼른 들이대지. 취업의 문턱에서 학교는 늘 간판일 뿐이야 우리 아이는 그런 학원은 안 보내서요. 우리 애는 햄버거를 싫어해서 호호호. 저흰 생식을 먹어요. 아이가 뭐든지 잘 먹어서 좋으시겠어요. 바람조차 눈치채지 않게, 나는야 비꼼의 여왕.

진심을 보이는 건 안 돼. 어디까지나 탐색을 늦추지 말고
갸르릉 갸아아아르응

아이, 2012, 눈

그대가 알고 있는 아이는

내가 알고 있는 아이

명랑한 아이의 햇살을 담쏙 베어 먹듯 달큰한 웃음은

그대와 내가 생산하고픈 밤의 반달 모양 눈

아이가 웃을 동안, 우는 동안

그대와 나는 우주의 시간 어디쯤에 있었던지

나를 작정하고 부려 먹은 시간은 통째로 절단되어

아이 앞에 물끄러미 서 있고,

그대가 서 있는 화안한 둘레에는 피지 못한 꽃들이

허공에 유영합니다

죄 없는 아이의 눈 다시 명멸하고

눈물을 미룬 저녁 무렵 방을 나섭니다

천, 천, 히

슬픔을 작정하기로 하면

문득 가다 멈춘 구름

머리 위로 휑하니 흘러다닙니다

그대가 앓고 있는 아이가

내가 앓고 있는 아이에게

끄덕이는 인사를 하기 전에.

'기원'과 '사랑'의 탐색을 통해
가 닿은 실존적 의지

유성호 문학평론가·한양대 교수

1.

박미경의 두 번째 시집 『슬픔이 있는 모서리』(문학
들, 2013)는, 시인 자신의 존재론적 기원과 삶의 슬픔,
그럼에도 지속되어야 할 사랑의 에너지에 의해 쓰인 마
음의 풍경첩이다. 가령 시인은 '시(詩)'야말로 삶의 구
체적 표현이요 내밀한 심정 토로의 양식임을 믿으면서,
가감 없이 자신이 살아온 날들을 재구(再構)하고 성찰
한다. 그만큼 이번 시집은 그녀가 아프게 통과해 온 시

간들에 대한 재현과 치유의 기록을 담으면서, 지나온 시간 속에서 소용돌이치는 기억의 풍경에 자신의 시적 열정을 남김없이 바치고 있는 시인의 모습을 약여하게 보여준다. 또한 시인은 이번 시집을 통해 지나온 시간들을 추스르고 응시하는 시적 주체의 생의 형식에 대해 깊은 질문을 하고 있는데, 이때 '생의 형식'이란 삶을 구성하고 펼쳐가는 근원적 원리로서 정신 차원의 것이기도 하고 태도 차원의 것이기도 하다. 그 점에서 박미경 시인은 실재와 상상, 가라앉음과 솟구침, 재현과 치유의 역동적 교호 속에서 자신만의 생의 형식으로서의 '시'를 써 간다. 먼저 시인이 고백해 마지 않는 스스로의 이력을 들여다보자.

나는 어느 우주에서 태어나 90년대에 시를 시작하고, 2천 년대 한 세기를 건널 때까지, 시를 끊지 못하고 비겁하게 시를 키우고, 수음手淫처럼 시를 행하고, 객지에서 결혼하여서는 남들 하는 모양새로 생활을 걸어보고, 졸렬한 80년대에는 운동권 남자를 좋아하기도 하고, 공부라는 이름의 두터운 책을 들고도 다녔다. 허영은 꽃처럼 아름다웠으나 아무것도 이룩된 건 없었다. 짧은 사랑도 지나가는 소낙비처럼 온몸을 긋

고 갔다, 그뿐이었다. 그러면 70년대에 나는 어느 곳
에 있었을까? 몸무게가 고민인 초록빛 납작모자의 여
고생이었다가 바지와 치마를 번갈아서 교복으로 착용
하는 새침한 여중생이었다가, 예민하고 키가 작은 국
민학생이었다가, 60년대 어느 맑은 가을 정오, 나는
태어났다. 햇살 잘 마르는 마룻바닥에서 가족들의 관
심을 받으며 해바라기처럼 자랐을 것이다. 그리고 50
년대 나는 어디에 있었을까. 꽃피는 봄날 파도치는 여
름 단풍지는 가을 눈 쌓이는 겨울. 어느 계절을 돌아
다니다 이제야 나를 만나게 된 걸까.

– 「일기 – 나의 40년」 전문

시인의 기억은 '시'와 더불어 시작된다. "90년대에
시를 시작"하여 공부와 사랑과 결혼이라는 삶의 형식
을 수음처럼 객지처럼 이어 온 시인은, 그것을 가능하
게 했던 힘이 한편으로는 '아름다운 허영'에 있었지만
다른 한편으로는 온몸으로 치러 낸 '짧은 사랑'에 있었
다고 고백한다. 그렇게 흘러간 세월을 역류하여 시인은
'70년대'의 "초록빛 납작모자의 여고생"으로 "새침한
여중생"으로 "예민하고 키가 작은 국민학생"으로 연쇄
적으로 재생되고, '60년대'에 이르러서는 "어느 맑은

가을 정오"에 태어난 자신의 기원에 가 닿는다. 시인은 그렇게 햇살 잘 마르는 마룻바닥에서 가족들의 관심을 받으면서 자란 자신의 삶을 재현하고 궁극적으로 긍정하게 된다. 온 계절을 다 돌아 이제야 만난 '나'는, 그 점에서 시인이 열망해 온 궁극적 '나'요 '시'를 통해 가 닿고자 했던 궁극적 지향과 깊이 상통한다. 그녀의 일기에 남겨진 '40년'은, 그러한 열망과 긍정 속에서 그려진 것이다. 그렇게 "무서운 시 한 번 써 보자고 불끈 힘주는 손에 힘줄이 파닥파닥 돋아나 꽃이"(「그날」) 되었던 시절을 각인하고 있는 그녀의 언어에는, "눈에 띄는 작은 풍경들. 손때 묻은 삼중당문고. 낡은 라디오에서 어쩌다 맑게 흘러나오곤 하던 새드무비. 시간을 견뎌 낸 흔적이 선명한 원탁. 사벌식 마라톤 타자기. 어느 소녀의 사랑 이야기"(「겨울 비망록」) 같은 경험적 세목들이 아름다운 지층을 형성하고 있다. 그리고 한편으로는 또 다른 기원으로서의 아버지에 대한 기억이 이러한 지층 안에서 숨쉬고 있다.

아버지의 유품을 정리했다
나는 한 개도 아버지의 모자를 받지 않았다
장롱 문을 열면 우수수 쏟아지던

수많은 모자들

모자는 일견 사려 깊게 봉인된 아버지

쭈뼛쭈뼛 쓸모가 적은 기억들

색색의 등산모로 열 지어 서고

새 처소가 적이 궁금한

눈물이 어느 틈에 따라왔으니

신기하고 놀라운 새 여행지는 어디인가

네가 골라가렴 마음껏

어머니는 우아하게 표준어로 발음했고

모자는 팔리지 않았다

죽은 이의 안부가 궁금한 모자들은

관찰과 경계의 대상일지니

내 집에 하나도 없는 모자

눌러쓴 세워 쓴 모로 쓴

자다가 화들짝 놀라 모자를 눌러쓴 채

룰랄라 하늘로 날아가 버린

쓸모 적은 집

자신의 불운을 한탄하던

모자의 주인은 결코

돌아오지 않았다.

－「모자들」 전문

　여기서 ‘모자’는 직접적으로는 “아버지의 유품”을 뜻하겠지만, 어쩌면 그 기표는 ‘아버지’로 은유되는 가족사의 반영이자 시인이 온 체온으로 받아들인 성장기의 시간 그 자체일 것이다. 시인은 “아버지의 모자”를 물려받지 않았지만, “장롱 문을 열면 우수수 쏟아지던/수많은 모자들”은 그렇게 “사려 깊게 봉인된 아버지”를 환기하면서 시인의 삶을 떠나지 않는다. 당연히 그 모자들에는 “쓸모가 적은 기억들”이 많이 착색되어 있을 것이다. ‘눈물’과 ‘놀라움’으로 점철된 시간들을 지나 어느새 그 모자들은 “하늘로 날아가 버린/쓸모 적은 집”을 회억(回憶)하게끔 한다. 그렇게 “자신의 불운을 한탄하던/모자의 주인”은 사라져 버림으로써 자신의 존재를 남긴 것이다. 그 사라짐(아버지)과 남겨짐(모자) 사이에 시인의 기억이 웅크리고 있다. 그러한 기억들은 “눈을 꼭 감고/눈꺼풀을 미처/봉인할 여유도 없이”(「유품 소각」) 삶에 남겨진 그분의 흔적이요 “단번에 시간을 건너는 방법을 예감한”(「유리공원처럼 어여쁜」) 시인 자신의 방법론적 장치였을 것이다. 그 장치를 통해 시인은 기원으로서의 한 시절을 훌쩍 건너 새로운 생의 형식에 가 닿는다.

강물을 거슬러 올라가는 물고기가 있었다. 넓은 바다에서 작은 지류를 찾아 단 하나 남은 사랑 찾아 떠났다. 나침판도 등대도 없는 길, 팔도 없고 다리도 없는 길이다. 무섭고 기막힌 길이다. 허나 가야 한다. 물수리가 노려도 가야 한다. 슬픔을 접고 가야 한단다. 아버지 체온이 그곳에 가면 녹아 있더란다. 강물을 거슬러 오르면서 폭포보다 심한 속도로 냇물 찾아 올라가면서, 물고기는 몸이 형편없이 일그러져 가는 걸 몰랐단다. 양쪽으로 붙은 눈 온통 푸른 절망뿐이었다고, 절망이 조금씩 하얀 양수로 흘러내릴 때, 마침내 기쁘고 황홀한 재생이 찾아왔더란다. 어떤 속도로 흘러왔는지 빛보다 빠른 속도로 흘러왔는지, 그런 건 중요하지 않았더란다. 마침내 죽음이 왔을 때 그의 눈 온통 환한 빛 차올랐단다. 빛 때문에 눈이 감기는 것도 몰랐더란다.

– 「빛보다 맑은 물살」 전문

이 아름다운 기억의 시편은, 강물을 역류하는 '물고기'의 은유를 빌려, 시인 자신의 존재론적 기원을 탐색하고 있는 작품이다. 바다에서 지류를 찾아나서 "강물을 거슬러 올라가는 물고기"는 시인 자신의 분신이고,

나침판도 등대도 없는 무섭고 기막힌 길은 '삶' 자체를 은유한다. 비록 그 길에 위협과 고단함과 슬픔이 존재한다 할지라도, 물고기는 그곳에 "아버지 체온"이 녹아 있기 때문에 몸이 일그러져 가는 고통 속에서도 절망을 뚫고 앞으로 나아간다. 그 결과 "기쁘고 황홀한 재생"을 경험하면서 그는 마치 "빛보다 빠른 속도로 흘러"온 듯한 환각을 느낀다. 마침내 죽음이 왔을 때 물고기의 눈도 몸도 생애도 "온통 환한 빛"으로 차오르는 순간을 상상하는 시인은, 자신이 열망해 온 "아버지 체온"과 "환한 빛"의 이중성 곧 자신을 얽어매는 요람으로서의 기원과 자신이 지향하는 궁극적 거소(居所)로서의 기원을 동시에 형상적으로 보여준다. '그곳' 이야말로 "환청처럼 아찔하게"(「브라운관」) 시인으로 하여금 줄달음치게 한 생의 원동력이요, "속도가 멈춘 대신 귀와 눈은 훨씬 밝아"(「폐차장에서」)진 시인이 성숙하게 재구축한 생의 형식일 것이다.

말할 것도 없이 모든 '기억'은, 과거의 삶에 대한 사실적 재현이 아니라 시인의 현재형의 시선에 의해 선택되고 재구성되는 어떤 것이다. 그 점에서 시인이 선택하고 배열하는 기억이란 현재의 시인이 갈망하는 생의 형식을 담고 있게 마련이다. 박미경 시인이 회상하고

재현하는 기억 역시, 지금 자신이 잃어 버리고 살아가
는 가장 아름다운 원형에 대한 그리움에서 발원되는 것
일 터이다. 우리가 읽은 박미경 시편들은 자신의 기원
과 생애와 궁극에 대해 사유하고 표현함으로써, 나르시
시즘을 넘어 형이상학적인 기원을 탐구하는 품을 깊고
도 넓게 보여준 것이다.

2.

다음으로 이번 시집을 채색하고 있는 중요한 음역(音
域)은, 박미경 시인이 가장 열정적으로 노래하는 '사
랑'의 시학에 있다. 가령 그것은 그녀 삶에서 가장 치
명적인 '떨림'을 가능하게 했던 "당신이라는 충전소"
(「오르골 속 여자 인형」)를 향한 간절하고도 아름다운
마음의 흐름을 담고 있다. 그래서 구체성과 진정성에서
최상의 심급을 유지하고 있는 시편들이 아닐까 한다.
불가피하게 사라져 갈 수밖에 없는 지상의 존재자를 향
한 지극한 사랑의 마음을 담고 있는 이 시편들은, 소멸
의 형식을 넘어 항구적 존재 방식으로 그것을 탈바꿈시
킨다.

끊임없이 솟아나는 갈증처럼

반짝 소리 내지 않고 스미는 불빛처럼

한밤중을 걷는다

폐허 속을 달려 한 점 바람결 음률에 실려

구불구불 골목길 스쳐 다다른

말이 워낙 드물던 너의 방

꾸벅이는 눈으로 맞아 주던 낯익은 보랏빛 창문

주인은 없는데 밤 몰래 어둠 밝히며 무얼 하고 있었
던지

통곡처럼 흘러내리던 나지막한 미드나잇 블루

알맞게 듣기 좋았던 음성과 꽃잎처럼 흩어지던 마
른 입술들

차가운 공기 속으로 포르르 날아가 버리고

붉은 공중전화 앞 추위에 떨며 망설이던 연인의

가난한 호주머니

영혼은 아직 그 집 앞 떠나지 못해

쉬임 없이 북풍 속을 흘러 다니고

자욱한 바람 서쪽에서 다시 불면

실팍한 봄바람에 우울한 연인은

지치고 외로운 비상을 허용하고

빈 가지처럼 흔들리던 어깻죽지는 덩달아

새파란 봄바람에 날리고.

–「그 집 앞」 전문

'그 집 앞' 이라는 공간은, 만남의 열망과 그 불가피한 유예가 교차하는 이중의 속성을 가지고 있다. 그곳은 마치 물을 마셔도 곧 "솟아나는 갈증처럼" 끊임없이 반복되고 재생되는 에너지를 가지고 있다. 혹은 "반짝소리 내지 않고 스미는 불빛처럼" 곧 사라져 버릴 테지만 가장 강렬한 현재형을 가진 곳이기도 하다. 폐허와 바람과 골목길을 지나 다다른 "말이 워낙 드물던 너의 방"은 그렇게 화자에게 지독하게 가까이 혹은 너무나도 멀리 있다. "낯익은 보랏빛 창문"과 "알맞게 듣기 좋았던 음성과 꽃잎처럼 흩어지던 마른 입술들"은 다 어디로 갔을까. 이제는 주인은 없고 차가운 공기처럼 "추위에 떨며 망설이던 연인"의 영혼만 그 집 앞을 떠나지 못한 채 바람에 흩날리고 있을 뿐이다. 결국 시인은 "네 방 초록빛 창가를 뒤덮은 담쟁이덩굴 같은 체온이고 싶었"(「붉은 그대」)던 강렬했던 사랑의 기억을 뒤로 하면서, 부재와 존재 사이의 변증법을 통해 '사랑'의 행위가 어느 시점 소진해 버린 것이 아니라 항구적으로 반복 재생되는 형식임을 아프게 보여준다. 그것은 "사랑을 잃은 자리마다 옹이가 패어서, 단단히 동여맨 한 묶음의 어둠"(「구부러짐에 대하여」)으로 존재하며, "아름다움은 치명적 문신이 되어 나를 조율하고"(「잔혹한 산책」) 있는 시간의 고백을 동반한다. 그래서 그녀의 사랑은 '눈물' 혹은 '울음'으로 이루어진 결정(結晶)으로 나아가게 된다.

물수제비뜨려고

돌이 들린다

여자애가 까르르 웃는다

빨리해 빨리

손에 들려 파르르 떠는 돌의 눈물

눈치채지 못한다

다만 어느 순간

다시 강기슭으로 돌아가려는

돌멩이의 눈물겨운 몸부림이 잠깐

물 위에 일순의 반짝거림으로

통통 튀어올랐다

때마침 쏟아지는 박수 소리

누구나 죽을 때만큼은

아름다워지고 장엄해지고 싶다는

간절한 바람

물수제비뜨는 아침에는

바라만 보는 돌멩이들의 소리 없는 울음에

강물도 잠시 숨을 죽이고 있었다는.

– 「물수제비뜨는 아침」 전문

물수제비뜨려 손에 든 '돌'에서 시인은 아무도 눈치 채지 못하는 "돌의 눈물"과 그 떨림을 느낀다. 그리고 "물 위에 일순의 반짝거림"을 보이다가 물속으로 사라져 가는 돌을 보면서 "어느 순간/다시 강기슭으로 돌아가려는/돌멩이의 눈물겨운 몸부림"을 재차 생각한다. 그렇게 사라져 가는 순간 가장 "아름다워지고 장엄해지고 싶다는/간절한 바람"을 시인은 돌멩이에 투사(投射)한 것이다. 그리고 "수직으로 솟구치던 햇빛과 나뭇잎"(「달콤한 인생」)들에게도 눈물과 울음이 있음을, 그 사랑의 힘으로 "돌멩이들의 소리 없는 울음"을 한껏 느끼면서 "파르르 떠는 고요"(「백련사 동백숲」)를 집중적으로 형상화하고 있는 것이다.

박미경 시인은 '시'라는 것이 상상적인 도전과 좌절의 과정이라는 사실을 잘 알고 있지만, '시'가 어둠이 깊을수록 그 어둠을 밝히고 사르는 불빛의 상승 파동을

그린다는 바슐라르(Bachelard)적 상상력을 감각적으로 가지고 있다. 그 점에서 시인의 고통은 생명의 전(前) 단계이고, '눈물'은 회한의 액체가 아니라 잠깐 젖어 있는 역동적인 '불'일 수밖에 없다. 그 불의 격렬함을 통과하고 나서의 고요한 생명으로의 귀환이 바로 박미경 시학의 궁극적 동선이 되는 것이다. 그래서 시인의 사랑은 '눈물'과 '울음' 속에서 잉태되지만 "먼 곳, 안개에 가린 산에 당신의 그림자가/처음처럼 간절해질 때"(「처음처럼 간절해지는」)를 향하고, 궁극에는 "나는 당신의 기억의 산물"(「오후면 내리는 눈 속으로」)임을 아름답게 노래할 수 있는 것이다.

   3.

　우리는 살아가는 동안 여러 차례 절실하고도 뚜렷한 존재 확인의 순간을 만난다. 그것을 일러 우리는 '운명의 순간'이라 명명하기도 한다. 그 운명의 순간은 삶의 비의(秘義)가 섬광처럼 빛나는 순간으로 찾아오기도 하고, 존재 갱신의 활력을 부여하는 자각의 순간으로 다가오기도 한다. 박미경 시인은 이러한 존재 확인의 순간을, 지극한 고통과 그 치유 과정을 통해 완성하려 한다. 그러한 상상력을 구성하고 있는 핵심이 바로 '바다' 이미지라고 할 수 있다. 그만큼 시인은 가없는 실존적 의지를 '바다'라는 공간에서 펼쳐 낸다. "간절하게 그리고 순진하게"(「때맞춘 불꽃놀이」), 자신의 오롯한 기원을 넘어, 새로운 기원을 찾아, 그곳에 깊이 가닿으려고 한다.

아무도 마중 나오지 않은 곳, 잃어버린 내 시계가 있었다
수상한 이름 소유한 낮은 집들 유쾌한 속도로 달라붙고
바다의 체온 물씬 풍기며 달려드는 시계
습기가 많아 창창한 별들은 낯설고 축축한 상상의 진원지
푸른 지상을 물끄러미 내려다보고 있었다
폐선 하나 기우뚱하고 있었을까?
심장에서 물이 흐르는 듯했다 말라 버린 눈물샘 다시 솟는지
잠시 서서 심장이 덜컥대는 소리에 귀 기울여 보았다

근황이 궁금한 나뭇잎에 일렁이는 바닷바람 소리
스쳐 지나갔다
　물새 소리 아득하게 들려오고 어쩌면 두고 온 시계
가 낡아가며
　제 무게에 겨워
　기우뚱대며 적막을 가로지르는 소리인지도 몰랐다
　아무도 그걸 알 수는 없으리
　시계 위로 떨어지는 하루를 다한 햇빛의 무게
　스스로 반짝임을 더했더라면
　견디기가 수월했을지도 모르는데
　깊은 해저 밑을 흐르는 물소리, 물소리들
　절로 짱짱해져서는.

— 「바다 시계」 전문

　'바다'라는 무한히 열린 공간에서 시인은 "잃어버린 내 시계"를 새삼 발견한다. '시계(時計)'는 시간의 흐름을 분절하여 계측 가능한 시각적 표상으로 알려주는 근대적 기기이지만, 여기서는 삶의 근원적 시간을 회복해 주는 마음의 표상으로 나타난다. 그래서 그것은 시인이 새롭게 회복한 '시계(視界)'이기도 할 것이다. 바닷가는 "수상한 이름"과 "유쾌한 속도"와 "바다의 체온"으로 가득한 곳이지만, 시인은 그 한가운데서 자신의 잃어버린 시계가 "상상의 진원지"로서의 원초적 에너지를 가지고 있음을 자각한다. 그래서 그것은 "심장에서 물이 흐르는" 소리, "말라 버린 눈물샘 다시 솟는" 소리로 번져가다가 결국 "두고 온 시계가 낡아가며/제 무게에 겨워/기우뚱대며 적막을 가로지르는 소리"를 시인에게 들려준다. 이 미세하지만 강렬한 소리들의 연쇄야말로 "하루를 다한 햇빛의 무게"를 통해 "깊은 해저 밑을 흐르는 물소리, 물소리들"을 시인으로 하여금 듣게 한 것이다. 따라서 비록 "지금은 퇴화된 자리"(「유폐」)일지라도, 그곳은 시인이 자신의 깊은 "속을 조용히 조율"(「나는 너보다 먼저 잠들어」)하면서 살아갈 삶의 기율을 회복하는 상징적 거처라고 할 수 있을 것이다.

슬픔도 낯설고 한갓질 때는 거기
애월에나 가겠다
거기 검은빛 밤바람 파도 소리에게
큰 소리로 붉음이 가신 흰 입술로나 말하겠다
어떤 커다란 슬픔으로 넌 까만 돌빛이 되었는지
그토록 고상한 돌옷이라니 말 못할 아픔으로 그렇
듯

끄덕 없는 전생의 바람빛이라니

내가 널 얼마나 생각하는 걸 알면

네가 얼만큼 깜짝 놀랠 건가 하는지에 대하여

달빛 찰박찰박 스며든 밤바다에게

조곤조곤 일러주겠다

애월이 만약 어디 있느냐고 묻는다면

말없이 손으로 찍은 물 그림 한 장 보여주겠다

물방울 같이 가뭇없는 흰 소리로나 말하겠다

이윽고는 없어질 내 손가락 지문이나 찍겠다.

— 「애월涯月이라는」 전문

'애월'이란 문자 그대로 '물가의 달'이라는 함의를 거느린 곳이다. 시인은 "슬픔도 낯설고 한갓질 때" 그곳으로 간다. 그곳에서 시인은 "큰 소리로 붉음이 가신 흰 입술로" 온몸을 다하여 파도의 검은 돌빛이 "커다란 슬픔"과 "말 못할 아픔"을 가지고 있는 것임을 노래하려 한다. 그리고는 "물방울 같이 가뭇없는" 소리로 사라져 갈지라도 "말없이 손으로 찍은 물 그림 한 장"처럼 뚜렷이 그 형상이 남아 있을 것이라고 고백한다. 그렇게 새로운 형상으로 나아갈 자신의 생을 고백하는 시인의 품은, 명료한 질서(cosmos)보다는 활달한 혼돈

(chaos)을 선택하여 그것을 자신의 삶 속에 배치하려는 의지를 한껏 내포한다. 일견 유목적 감각을 떠올리게 하는 이러한 이미지들은, 박미경 시편을 평범한 기억 시편이나 다짐 시편으로부터 구해내고 있다. 그렇게 시인은 "느닷없는 춤처럼"(「위반의 속도」) 다가온 존재론적 발견을 통해, "나는 스스로 무너지기 위해 살아온 것은/아니었"(「오래 둔 빈 집」)다는 실존적 결기와 의지를 가열하게 보여준다.

지금까지 우리가 읽어 온 것처럼, 박미경의 시편들은 시인 자신의 존재론적 기원과 삶의 슬픔, 그럼에도 지속되어야 할 삶의 실존적 의지에 대해 노래한다. 그것은 아프게 통과해 온 시간들에 대한 재현과 치유의 기록이자, 지상의 존재자를 향한 지극한 사랑의 마음을 토로하고 앞으로 펼쳐질 삶에 대한 가없는 실존적 의지를 담은 고백록이기도 하다. 그렇게 박미경 시인은 자신의 '기원'과 '사랑'의 탐색을 통해 견고하고 아름다운 실존적 의지에 가 닿고 있는 것이다. 그래서 이번 시집은 그녀 스스로에게는 중요한 성찰의 계기가 될 것이고, 우리에게는 진정성 있는 시적 주체가 들려주는 자기 탐색의 목소리로 다가올 것이다.

박미경

서울 출생. 2006년 『정신과 표현』으로 등단했다. 인천대 국문과와 건국대, 전남대 대학원에서 수학했다. 시집 『풀꽃연가』가 있으며 현재 초당대 교양학부 외래교수로 재직 중이다.

e-mail｜miorange55@naver.com

문학들 시선 024
슬픔이 있는 모서리

초판1쇄 찍은 날 | 2013년 9월 16일
초판2쇄 펴낸 날 | 2014년 3월 20일

지은이 | 박미경
펴낸이 | 송광룡
펴낸곳 | 문학들
등록 | 2005년 8월 24일 제2005 1-2호
주소 | 501-841 광주광역시 동구 천변우로 487(학동)2층
전화 | 062-651-6968
팩스 | 062-651-9690
전자우편 | munhakdle@hanmail.net

ⓒ 박미경 2013
ISBN 978-89-92680-75-2 03810